RAPPORT

SUR

LES TROIS VICTIMES DE NANT

ET DE SAINT-JEAN-DU-BRUEL

MORTES D'HYDROPHOBIE, APRÈS AVOIR ÉTÉ MORDUES PAR UNE LOUVE ENRAGÉE,
LE 7 JANVIER 1866, SUR LE TERRITOIRE DE LA COMMUNE
DE NANT (Aveyron)

PRÉSENTÉ

A M. ISOARD

Préfet du département de l'Aveyron, officier de la Légion-d'Honneur

PAR

M. LE DOCTEUR FIGAYROLLES

PARIS

VICTOR SARLIT, LIBRAIRE-ÉDITEUR

RUE SAINT-SULPICE, 25

—

1866

RAPPORT

sur

LES TROIS VICTIMES DE NANT

ET DE SAINT-JEAN-DU-BRUEL

Mortes d'hydrophobie, après avoir été mordues par une louve enragée,
le 7 janvier 1866, sur le territoire de la commune
de Nant (Aveyron).

———

MONSIEUR LE PRÉFET,

Un triste et douloureux événement est venu, depuis peu
de temps, affliger les paisibles populations de Nant et de
Saint-Jean-du-Bruel, qui, dans une période de quelques
jours, ont eu à déplorer la mort de trois personnes mordues
et horriblement mutilées par une louve enragée. Ces malheureuses victimes, qui ont présenté aux yeux de leurs
familles et de leurs amis éplorés le navrant spectacle des
terribles symptômes de cette cruelle maladie connue sous
le nom de rage ou d'hydrophobie, inspirent trop d'intérêt,
et ont emporté dans la tombe trop de regrets, pour que
les circonstances de cet affreux malheur passent inaper-
çues et ne soient pas exactement constatées ; outre que la
publicité d'un fait si remarquable est un hommage rendu
à la mémoire de ceux qui ont succombé, elle entre aussi
dans le domaine de l'histoire d'un pays, et même du département qui en a été le théâtre.

Personne n'ignore que tout ce qui n'est transmis que par la tradition est altéré, et n'arrive à la postérité qu'en s'éloignant peu à peu de la vérité, et finissant par disparaître dans les ténèbres du passé : les détails manquent de cette précision historique qui est seule capable de nous instruire, et de nous apprendre des faits qui se sont passés longtemps avant l'époque où nous vivons. C'est ainsi que la tradition nous signale un affreux accident de même nature, arrivé dans la commune de Nant, il y a à peu près un siècle : deux hommes furent mordus, l'un par un loup, l'autre par un chien enragés, et moururent atteints d'hydrophobie peu de temps après les morsures graves qu'ils avaient reçues. Cette autre malheureuse catastrophe est incontestablement vraie, puisque nous avons connu des vieillards qui en avaient été les témoins et conservé le souvenir ; mais le récit de ce déplorable événement se bornait de leur part à le constater, sans pouvoir fournir les précieux renseignements qui se rattachaient au nombre, à la gravité et au siége des blessures, à l'âge et au genre de mort des victimes, au jour, au mois et à l'année de ce fait qui est déjà loin de nous.

Ces motifs, Monsieur le Préfet, nous ont paru suffisants pour nous inspirer la pensée de rédiger un rapport et de le publier sous vos auspices, afin de conserver, sans altération pour l'avenir, dans l'esprit de nos concitoyens d'abord, et puis dans celui des habitants du département qui a l'honneur d'être administré par vous, l'histoire néfaste mais intéressante du fatal événement que nous déplorons, et qui a été un deuil universel pour les populations de Nant et de Saint-Jean-du-Bruel. Nous regardons comme un devoir de remplir cette tâche, qui sera à la fois une consolation pour les familles des victimes, et une constation historique d'un accident dont on ne saurait trop déplorer les funestes résultats. Nous allons maintenant exposer les faits de ce drame lugubre tels qu'ils se sont passés.

Le 7 janvier 1866, vers onze heures du matin, une louve d'une taille énorme, qui avait été vue, traquée et blessée par des chasseurs, dans la matinée de ce même jour, sur le territoire de la commune de Sauclières, entre les villages du Bénéfire et du Caussanel, arriva, errant à l'aventure, tout près du village d'Algues, dépendant de la commune de Nant, où elle devait, atteinte d'un violent accès de rage, mordre et horriblement mutiler trois personnes dont la triste destinée était de trouver la mort dans ces morsures profondément imprégnées du virus rabique. Nous devons avant tout indiquer ici le nom des trois victimes :

1° Guilhou Marie, bergère, âgée de 11 ans, domiciliée à Algues, commune de Nant ;

2° Fabre Jean, chercheur de truffes, âgé de 56 ans, domicilié à Nant ;

3° Balsenc Émile, taillandier, soldat au 42e de ligne, en congé de semestre dans ses foyers, à Saint-Jean-de-Bruel, âgé de 26 ans.

La première victime fut la jeune et intéressante Marie Guilhou. A peu près à la distance d'un demi-kilomètre du village d'Algues, qui est dominé par les ruines d'un vieux château, le terrible animal rencontra sur ses pas cette pauvre enfant, qui, faible et inoffensive comme on l'est à son âge, faisait paître un petit troupeau de brebis dans un champ appartenant à sa famille ; à l'instant, la louve, au lieu d'attaquer le troupeau, fit un bond, se précipita sur elle et la renversa par terre, ne trouvant d'autre résistance que les cris impuissants de la jeune Marie. Impatiente d'assouvir sa rage, cette bête maudite la mordit avec fureur, lui fit onze blessures profondes au visage et au sommet de la tête, et quatre à la main gauche. Après avoir ainsi mutilé sa première victime, la louve se retira lentement pour aller bientôt renouveler ses sanglantes attaques.

On est navré de douleur en pensant aux horribles angoisses que dut éprouver la jeune Marie au milieu des étreintes de cette énorme louve, qui avait pu la déchirer sans trouver la moindre résistance. Quoique peu éloignée du toit paternel, les accents de sa voix plaintive et presque défaillante ne purent se faire entendre; dans ce moment d'affreuse détresse, aucun secours ne vint pour alléger ses souffrances et rétablir ses forces déjà épuisées par la perte du sang sorti de ses nombreuses blessures. C'est dans ce déplorable état que, revenue de ses premières et vives émotions, cette pauvre fille put regagner son village pour y recevoir les soins de ses parents désolés.

En s'éloignant de cette sanglante scène, la louve passa au-dessous du village d'Algues, traversa le chemin qui y conduit, et alla, en descendant, s'engager dans un bois dépendant du domaine de Castelnau. Il était environ midi; là, dans un ravin, à 400 mètres de la route impériale, sur une pente très-rapide, dans une position difficile, Fabre était occupé à chercher des truffes, lorsque tout à coup il se voit en face de ce terrible animal, contre lequel il allait soutenir, dans un court espace de temps, trois luttes acharnées. A l'instant même, cet homme, plein de force et de vigueur, tenant sa pioche sur l'épaule, surpris sans être effrayé, passe sur un des côtés du ravin pour se mettre sur ses gardes, et voit la louve s'approcher comme si elle voulait le caresser. Quand elle est trop près de lui, Fabre lui jette la pioche pour la faire éloigner; mais, au lieu de fuir, la maudite bête s'élance contre lui en l'étreignant de ses lourdes pattes, et le renverse en le mordant au visage. Ce malheureux se relève promptement; mais il est encore assailli et renversé avec violence, alors qu'il cherchait à monter sur un arbre pour se soustraire à une nouvelle attaque : c'est dans cette seconde lutte que Fabre fut mordu au doigt d'une main, et qu'il eut un fragment d'oreille emporté d'un coup de dent. Enfin le pauvre patient eut à subir une troisième agression qui le renversa dans le ravin :

ce fut dans cette dernière lutte que la louve put assouvir toute sa rage et abandonner sa seconde victime, après l'avoir déchirée à tel point, que le visage de Fabre n'offrait plus la forme humaine.

Ainsi mutilé et affaibli par la perte du sang sorti de ses blessures, Fabre éprouva des défaillances qui tout d'abord l'empêchèrent de marcher. Dans ce moment de douleur et d'angoisse, il se trouvait, comme la jeune Marie, isolé et sans secours ; mais enfin, revenu de ses premières émotions, et reprenant peu à peu ses forces, il put, grâce à sa robuste constitution, arriver à Nant, et recevoir, au sein de sa famille, les soins que sa triste position réclamait, après avoir parcouru à pied une distance de quatre kilomètres.

Mais là ne devaient pas se borner les meurtrières attaques de cette louve enragée ; après avoir abandonné sa seconde victime, le redoutable animal se mit à gravir, à l'aspect du nord, le pic sur lequel est assis le village d'Algues. Arrivé à la distance d'environ 400 mètres des maisons, il rencontra trois femmes venant de Saint-Jean-du-Bruel d'entendre la messe. L'une d'elles sentit son jupon tiraillé par derrière, et crut que c'était un chien qui voulait la mordre ; mais, reconnaissant son erreur, ses compagnes s'écrièrent, avec frayeur, que c'était un gros loup ; on lui fit peur, et la bête s'éloigna sans hésitation.

Ce fait ne doit pas passer inaperçu, et nous devons ici faire une remarque bien capable de fixer l'attention. Les auteurs qui ont écrit sur la rage font observer que « les loups enragés sont furieux ; ils paraissent attaquer les hommes de préférence, et les mordre principalement au visage (1). » Cette disposition des loups à mordre l'homme à la figure n'indiquerait-elle pas que si ces femmes n'ont pas été mordues, c'est que la louve ne les a pas vues en

_____

(1) Fabre, *Dictionnaire de médecine*, t. VI, p. 613.

face? Dès lors, ne peut-on pas penser que peut-être elles n'ont dû leur salut qu'à cette circonstance? Cette opinion peut ne pas avoir un caractère absolu de certitude, mais elle est assez vraisemblable. Quoi'qu'il en soit, on doit s'estimer heureux que cette fâcheuse rencontre n'ait pas été la source d'un nouveau malheur.

Après l'attaque, heureusement moins tragique, qui venait d'avoir lieu à l'occasion de ces trois femmes, la louve courut se blottir dans un petit bouquet de pins situé non loin de là, et qui allait, quelques instants après, être le témoin de la scène la plus émouvante de ce drame, puisque cette bête terrible devait recevoir la mort de la main de sa troisième victime.

Ces trois femmes venaient à peine d'échapper au danger qu'elles avaient couru, lorsque, à une heure après midi, le jeune Émile Balsenc arriva fortuitement sur les lieux, en chassant, et alla se mettre à l'affût dans ce petit bouquet de pins où la louve était allée se cacher. Là, il se trouvait à côté d'elle sans le savoir ; il ignorait encore l'affreux malheur qui venait d'arriver ; préoccupé par la chasse, et promenant vaguement ses regards autour de lui, il se sentit tout à coup assailli par le dangereux animal, qui le renversa et lui fit trois graves blessures au visage. Le jeune Émile, étonné, mais sans être saisi de frayeur, se releva aussitôt, et parvint à repousser violemment la louve à quelques pas de lui. C'est alors qu'il eut, quoique blessé, le sang-froid et le courage de se servir du fusil dont il était armé, et d'abattre cette redoutable bête, dont la bave virulente venait d'inoculer un germe de mort à ses trois victimes.

Un hommage public doit trouver ici sa place pour honorer le courage de ce digne jeune homme, qui, bien qu'il fût dans ses foyers, appartenait encore à l'armée française, dont la bravoure se retrouve partout. Le pays doit un tribut de reconnaissance à la mémoire du malheureux Émile, et c'est pour nous une satisfaction de le lui offrir au nom des habitants des villes de Nant et de Saint-Jean-de-Bruel, qui ont trouvé dans cette belle action un double motif d'admiration et de sûreté pour tant de personnes qui auraient pu tomber sous la dent meurtrière de l'animal qu'il venait de terrasser.

Nous venons d'exposer toutes les péripéties de ce drame sanglant, qui restera longtemps dans le souvenir des habitants de cette contrée; maintenant nous allons dire tout ce qui se rattache à l'état des victimes après cet événement, au pansement et à la guérison des blessures, à l'apparition des premiers symptômes hydrophobiques, et aux diverses phases de cette cruelle maladie, qui s'est terminée par une mort funeste.

Jean Fabre arriva le premier à Nant, où il reçut, dans sa maison, les soins empressés de sa famille. Ne l'ayant pas vu, nous nous bornerons à dire qu'il fut exactement cautérisé par son médecin, et pansé régulièrement, pour obtenir la guérison de ses graves blessures, qui s'opéra assez promptement. Nous allons donc nous renfermer dans nos observations relatives à la jeune Marie et au jeune Émile Balsenc.

Le 7 janvier 1866, à quatre heures du soir, trois heures après avoir été mordu par la louve, le jeune Émile, accompagné de son père, se présenta dans notre cabinet, à Nant, pour réclamer nos soins. A l'instant même nous procédâmes à l'examen de ses blessures, qui étaient au nombre de trois : une à la partie latérale droite du front, la seconde au-dessus de l'œil droit, et la troisième au-dessous de l'œil du même côté. Les deux morsures situées au front et au-dessous de l'œil offraient une surface irrégulière d'environ deux centimètres en tous sens; mais celle qui

était au-dessous de l'arcade sourcilière, avait une longueur de trois centimètres, et descendait profondément
dans le sens de la convexité de l'œil, sans avoir toutefois
atteint cet organe : cette solution de continuité était si
régulière, qu'on aurait cru qu'elle avait été faite avec un
bistouri dirigé par une main habile.

En l'absence de tout renseignement sur l'état morbide
de cette louve, la prudence nous inspira la pensée qu'elle
pouvait être enragée, et, sur-le-champ, après avoir fait
d'abondantes lotions, nous procédâmes à la cautérisation
de ces trois morsures avec le nitrate d'argent et le beurre
d'antimoine ; les plaies furent recouvertes de quelques ban-
delettes de sparadrap, et puis d'un foulard pour maintenir
ce petit appareil. Dès qu'il fut ainsi pansé, Emile Balsenc
se rendit dans sa maison, à Saint-Jean-du-Bruel, tout à
fait rassuré sur son état, et ne pensant nullement à la gravité de l'accident qui venait de lui arriver.

Quoiqu'on pût admettre, à la rigueur, que cette louve
n'était pas enragée, et que, blessée aux environs du village
de Bénéfire, elle avait pu, poussée par la douleur, se livrer
à des violences contre ses trois victimes, il y avait cependant
de fortes présomptions pour croire qu'il n'en était pas
ainsi ; car le loup est un animal lâche par nature, craignant
l'homme et le fuyant au lieu de l'attaquer ; était-il d'ailleurs probable que cette bête eût dédaigné le troupeau de
la jeune Marie, qui était naturellement la proie convoitée
par ses instincts, pour aller mordre et mutiler cette inoffensive bergère ? Nous pouvions, d'un autre côté, appuyer
notre opinion sur celle de plusieurs auteurs. Voici ce que
dit M. Boyer à cet égard : « On ne peut connaître, à l'as-
» pect d'une plaie par morsure, si elle a été faite par un
» animal enragé ou par un animal sain. Voici néanmoins
» quelques données utiles auxquelles il est bon d'avoir
» recours. Si c'est un loup, et qu'il ait mordu plusieurs
» personnes ou plusieurs autres animaux sans les dévo-

» rer, on peut présumer avec raison qu'il était enragé (1).

Le même jour 7 janvier, nous fûmes appelé au village d'Algues, pour aller donner nos soins à la jeune Marie. La distance de Nant à ce village est d'environ cinq kilomètres, et, n'ayant pas été appelé plus tôt, nous n'arrivâmes auprès de la malade qu'à six heures du soir, sept heures après l'accident. Nous trouvâmes cette pauvre fille assise sur son lit, ensanglantée, déchirée, mutilée, portant onze blessures à la tête ou au visage, et quatre à la main gauche ; toutes ces morsures étaient larges, profondes, irrégulières. Il y en avait une surtout, au sommet de la tête, d'une plus grande dimension que les autres ; de forme oblongue, sa longueur était de sept centimètres sur quatre de large ; le crâne était à nu ; le cuir chevelu avait été soulevé à tel point, que nous aurions pu mettre au-dessous deux doigts de la main. Une autre blessure était aussi très-remarquable, moins par son étendue que par sa position : l'aile gauche du nez avait été emportée d'un coup de dent, en sorte que la jeune Marie était condamnée à présenter une difformité sur sa figure, si elle avait eu le bonheur de ne pas succomber : pauvre enfant qui, même sans mourir, devait avoir pendant la vie un pire destin !

Sept heures s'étaient écoulées depuis l'accident ; il y avait urgence de panser cette jeune fille, et nous le fîmes sans perdre un instant. L'opération fut un peu longue, à cause du nombre des blessures ; il fallut d'abord couper ses longs cheveux imprégnés de sang coagulé, puis nous fîmes des lotions abondantes avec de l'eau tiède, et enfin nous cautérisâmes les plaies comme nous avions cautérisé celles du jeune Émile. Le pansement eut lieu selon la forme et la position des morsures ; mais nous devons ajouter qu'il fut très-douloureux, et que cette malheureuse enfant éprouva de grandes souffrances pendant la cautérisation.

(1) Boyer, *Traité des maladies chirurgicales*, t. 1er, p. 439.

Vivement préoccupé de l'idée que cette louve devait être atteinte de la rage, malgré les illusions de l'opinion publique, le lendemain 8 janvier, à midi, nous nous rendîmes à Saint-Jean-du-Bruel auprès du jeune Émile, pour pratiquer une seconde cautérisation, que nous fîmes, cette fois, à l'aide d'un petit pinceau, avec un mélange d'alcali et d'huile d'olive, pensant que ce liquide, conseillé par Orfila, pourrait mieux pénétrer dans les sinuosités des trois blessures, et surtout de celle qui était au-dessus du globe de l'œil, dont la profondeur était suspecte pour l'exacte efficacité du caustique.

Après cette seconde cautérisation, nous prescrivîmes des lotions autour des plaies avec l'ammoniaque étendue d'eau, des vésicatoires, et, à l'intérieur, l'usage, pendant un mois, de plusieurs médicaments conseillés par les auteurs, sans omettre tout ce qui se rattachait au régime auquel le malade devait être soumis, et nous laissâmes le jeune Émile plein de sécurité pour l'avenir. Nous eûmes plusieurs fois l'occasion de le voir pendant la période d'incubation, et nous constatâmes toujours chez lui beaucoup de calme et une grande tranquillité d'esprit. La cicatrisation des plaies fut prompte, et quelques jours après on voyait à peine les traces de ces trois morsures.

Ce même jour 8 janvier, en revenant de Saint-Jean-du-Bruel, nous passâmes au village d'Algues, pour cautériser encore une seconde fois la jeune Marie, et lui prescrire le même traitement préventif. La guérison de toutes les blessures arriva aussi assez promptement, moins celles de la tête et du nez, dont la cicatrisation fut plus lente à cause de l'étendue et du siége de ces deux plaies.

Jusque-là tout allait pour le mieux : la prompte guérison des morsures, la santé des blessés, l'état de leur imagination tout à fait rassurée sur les suites de ce déplorable accident, l'opinion publique même qui se manifestait par

des vœux sympathiques et des expressions rassurantes,
tout avait concouru pour bannir les craintes d'un prochain
danger, et bercer d'illusions les malheureuses victimes ;
mais nous allons voir bientôt, hélas ! le tableau s'assombrir,
et apparaître, comme un monstre hideux, le lugubre cor-
tége des symptômes de la rage, qui devaient successive-
ment conduire dans la tombe Jean Fabre, Marie Guilhou
et le jeune Émile Balsenc.

Le 27 janvier, le bruit se répandit à Nant que Fabre était
malade, et qu'il était menacé d'hydrophobie ; cette sinistre
nouvelle courut de bouche en bouche, et chacun l'apprenait
avec une indicible émotion. Comme c'était la première victime atteinte, on aimait à rester dans cette incertitude qui
laisse dans l'esprit un rayon d'espérance ; mais bientôt il
ne fut plus permis d'avoir aucun doute : le malheureux
Fabre était en proie aux terribles paroxysmes de la rage,
et mourut le 31 janvier, à neuf heures du soir. Ne l'ayant
pas vu pendant sa maladie, nous nous bornons à annoncer
ce fatal dénoûment, sans pouvoir en indiquer les diverses
circonstances.

La triste nouvelle de la mort de Jean Fabre causa des
regrets universels dans Nant et tous les environs : c'était
un homme probe, honnête et estimé ; mais à ces justes
regrets vinrent se mêler des craintes légitimes sur le sort
des deux autres victimes ; chaque matin on allait aux infor-
mations pour s'enquérir s'il n'était rien survenu dans l'état,
d'ailleurs satisfaisant, de Marie et d'Émile. Ces craintes, qui
donnaient lieu à tant d'anxiétés, ne tardèrent pas à se
réaliser, et Marie Guilhou fut désignée par la mort pour
être sa seconde victime.

Ce fut le 30 janvier que la jeune Marie éprouva les premières atteintes de la cruelle maladie qui devait la conduire
au tombeau ; le surlendemain, nous nous rendîmes auprès

de cette intéressante malade, et dès que nous fûmes arrivé dans la maison, ses parents nous fixèrent sur ce qui s'était déjà passé depuis l'apparition des premiers symptômes.

Le premier jour de l'invasion, la jeune Marie, qui jusqu'alors avait été dans un état satisfaisant, devint peu à peu triste, morose, inquiète, ne pouvant supporter longtemps la même position, et s'asseyant cependant de préférence sur son lit. Elle commença à perdre l'appétit, et éprouva ce frissonnement spécial qui s'irradie avec douleur dans tout le corps, se fait sentir surtout dans l'abdomen et sur le trajet de la colonne vertébrale.

Le lendemain, il y eut une nouvelle aggravation de symptômes : la jeune Marie eut un sommeil agité et des rêves effrayants qui l'éveillaient en sursaut; son pouls, quoique un peu concentré, n'était pas cependant trop fréquent ; la tête était douloureuse, les yeux étaient mobiles et brillants, et avec un peu d'attention on voyait les traits du visage atteints d'un petit mouvement convulsif.

Le troisième jour, la plaie du sommet de la tête, qui n'était pas encore cicatrisée, était devenue plus douloureuse; ses bords, d'une couleur violacée, laissaient couler une sanie rougeâtre et fétide; une autre plaie, d'une assez grande dimension, que la jeune Marie avait au-dessous de l'œil gauche, était devenue si sensible au toucher, qu'à peine voulut-elle nous permettre d'y faire des lotions avec de l'eau de sureau : toutes les autres blessures étaient cicatrisées, mais toutes s'étaient un peu ravivées.

Ce jour-là, les paroxysmes nerveux, que nous appellerons hydrophobiques, prirent un caractère plus tranché : la jeune Marie éprouvait, presque sans répit, ce malaise et ces horripilations douloureuses qui la tenaient dans un état continuel d'exaspération et de souffrance ; alors aussi apparut ce symptôme qui rarement fait défaut dans cette affection : nous voulons parler de l'aversion des malades pour les liquides, qui tient à l'état convulsif du pharynx; la déglutition devient alors très-difficile à cause de la douleur dont cet organe est le siége. Comme nous désirions vivement, pour notre satisfaction personnelle, constater cette remarquable singularité, nous engageâmes instamment la jeune malade à boire un peu de tisane; nous la trouvâmes bien docile et bien disposée, mais elle nous faisait part en même temps des douleurs atroces qu'elle éprouvait lorsqu'un liquide quelconque arrivait dans sa bouche. Nous lui dîmes alors si elle n'avait pas soif : « Ah ! s'écria-t-elle, je boirais la mer ! » Marie, cependant, pleine de bonne volonté, et jouissant d'ailleurs de la plénitude de ses facultés intellectuelles, n'opposa point un refus absolu, et nous permit de la faire boire. Nous approchâmes tout de suite de ses lèvres une tasse, qu'elle saisit avec ses mains en frémissant; mais tout à coup, et sans nous y attendre, elle la repoussa avec une violence qui lui fit faire un brusque mouvement en arrière. Nous revînmes en vain plusieurs fois à la charge; ce fut toujours la même impossibilité d'avaler. Une circonstance fortuite vint ajouter encore à ce que nous venons de dire : une femme de Saint-Jean-du-Bruel, qui était auprès d'elle, lui proposa, puisqu'elle ne pouvait pas boire, de manger une tranche d'orange qu'elle accepta sans peine; dès qu'elle l'eût introduite dans la bouche, elle eut un frémissement nerveux semblable au premier. On lui demanda si elle ne la trouvait pas bonne; elle se hâta de répondre, en se montrant vivement contrariée : « Il y avait de *l'eau* dans cette orange ! » Expression d'une grande énergie pour donner une idée de cet étrange phénomène ! A la suite de ces épreuves répétées, nous lui fîmes manger la moitié d'un biscuit; mais elle le fit par complaisance, ne nous laissant pas ignorer qu'elle avait un grand dégoût pour les aliments de toute sorte.

Le quatrième jour fut assez semblable au troisième, et se passa dans des alternatives de calme ou de paroxysmes plus ou moins longs, plus ou moins violents. Pendant toute la durée de sa maladie, la jeune Marie ne cessa point de rester dans son lit, assise lorsqu'elle était plus agitée, allongée quand elle était plus calme. Dans les plus critiques moments de surexcitation nerveuse, elle parlait, criait, chantait, priait Dieu, et elle aurait facilement déchiré ses plaies, si on ne l'avait exactement surveillée pour l'empêcher de se livrer à cet acte de violence, qui aurait été pour elle la source de nouvelles douleurs. Ce jour-là, elle refusa constamment de boire et de manger, malgré tout ce que faisaient ses parents pour l'engager à prendre quelques aliments.

Le cinquième et dernier jour de sa maladie, la jeune Marie continua d'être agitée comme la veille ; mais elle eut quelques moments de frénésie plus accentuée, plus violente ; les glandes salivaires, surexcitées, sécrétaient une matière baveuse qu'on voyait de temps en temps sortir de sa bouche ; elle était plus difficile à contenir ; elle aurait aimé l'isolement, la solitude et le silence, car elle disait souvent à ses parents de ne pas s'approcher de son lit, qu'elle craignait de voir des personnes en face d'elle. Sa conversation était néanmoins parfois expansive et mélancolique ; elle ne se montrait pas trop alarmée sur son état, et elle rassurait son père et sa mère. Cependant, dans l'après-midi, elle fut prise d'une envie irrésistible de porter les mains à ses plaies, qui toutes, à l'exception de deux, étaient cicatrisées mais douloureuses ; pour l'empêcher de se déchirer le visage, on se vit obligé de la mettre dans un sac qui se rattachait au cou et lui ôtait l'usage de ses bras.

Vers cinq heures du soir, il y eut une bien sensible rémission des symptômes ; la jeune Marie demanda à boire, on lui donna plusieurs fois de la tisane, qu'elle avala facilement, et qui la soulagea en calmant cette soif ardente qu'elle avait eue jusque-là sans pouvoir l'éteindre. Elle fit appeler tous ses parents et les voisins, leur fit de touchants adieux, en disant qu'elle allait disparaître de ce monde.

Enfin le dénoûment fatal approchait, et à sept heures du soir, après avoir éprouvé pendant quelques instants une grande gêne dans la respiration, des sueurs froides, et un mouvement nerveux qui lui tordit la tête, la jeune Marie mourut par asphyxie, que nous appellerons, avec les auteurs, asphyxie nerveuse, suffocation, étouffement convulsif.

Pendant la maladie, nous avions prescrit plusieurs moyens pour calmer les accidents nerveux, dans lesquels entraient les antispasmodiques les plus puissants ; mais il fut impossible d'en faire usage, à cause de l'impossibilité où était la malade d'avaler un liquide quelconque.

La mort de cette pauvre et intéressante fille venait de causer une nouvelle émotion, et de provoquer de nouveaux sentiments de pitié et de commisération. Deux victimes avaient déjà succombé, et tous les regards se portaient sur le jeune Émile Balsenc, pour lequel on pouvait encore avoir quelque espérance. Nous convenons en effet qu'il était permis de se faire quelque illusion, soit à cause de la nature des morsures, qui étaient moins graves et moins nombreuses, soit à cause de la différence de quinze jours dans la période du temps qui s'écoula entre les deux invasions de la maladie, quoique nous ayons fait remarquer que la blessure qui était au-dessus du globe de l'œil, et qui était très-profonde, nous avait toujours inspiré une grande méfiance. L'incubation du virus rabique est si variable, si bizarre, si capricieuse, qu'on ne peut rien établir de certain sur sa durée. Ordinairement la maladie se déclare de trois à six semaines à dater du jour de la morsure ; mais quelquefois elle n'apparaît qu'après plusieurs mois, et même plusieurs années, selon des exemples cités par Galien, Vaughan, Méad, Mathey, Fotherghill. Chirac, de Montpellier, cite un jeune marchand de cette ville qui ne fut atteint de la rage que dix ans après avoir été mordu. Les journaux ont tout récemment annoncé la mort d'un magistrat des environs de Grenoble, M. Blondel, chez lequel cette maladie ne s'est manifestée que deux ans après avoir été mordu par son chien.

Quelques jours s'écoulèrent ainsi entre la crainte et l'espérance, et pendant ce temps le jeune Émile Balsence était l'objet de l'attention publique. Lui seul était rassuré et ne paraissait nullement préoccupé de la mort des deux autres victimes ; il ne nous voyait jamais sans nous dire qu'il n'avait pas peur (c'était son expression) ; mais malheureusement le terme fatal n'était pas éloigné. Le 13 février, il partit fort content, avec son père, pour aller à la foire de Millau, qui était le lendemain, premier jour du carême. Arrivé dans cette ville le mardi soir, il devint un peu triste et ne voulut point souper : c'était le début. On se plut à attribuer ce malaise à la fatigue. Le mercredi, il mangea peu, et il était facile de juger qu'il n'était pas dans son état normal ; tout faisait présager une invasion de symptômes plus fâcheux. Le jeudi 15 février, le jeune Émile, après deux jours de signes précurseurs, éprouva décidément les véritables atteintes de la maladie, c'est-à-dire des perturbations intestinales, de fréquents vomissements de matières bilieuses, un frissonnement général, le dégoût des aliments, et un commencement d'aversion pour l'eau. Il partit ce jour-là de Millau à pied, vers sept heures du matin, pour se rendre à Saint-Jean-du-Bruel, avec son père et une autre personne de cette localité. Le voyage fut très-pénible pour lui, et plusieurs fois il fut menacé de ne pas pouvoir continuer sa route. Le même jour, à deux heures du soir, il passa à Nant, où il s'arrêta dans une auberge. En le voyant fatigué, on lui offrit une tasse d'infusion, mais il la refusa obstinément, et, au lieu de boire et de manger comme son compagnon de voyage, il sortit et alla s'égarer dans une petite rue voisine de la maison qu'il venait de quitter ; un peu plus loin, on le fit entrer dans un café, et là, à force de prières, on lui en fit prendre une tasse, qu'il ne put jamais boire d'un seul trait, et qu'il parvint à avaler par petites cuillerées. Bientôt après il partit pour Saint-Jean-de-Bruel, où il arriva à quatre heures du soir.

Le lendemain 16 février, nous fûmes appelé, et nous arrivâmes auprès du malade à huit heures du matin. Nous trouvâmes le jeune Émile assis au coin du feu, toujours rassuré, et se faisant une complète illusion sur son état et les terribles symptômes qui allaient l'assaillir. Il nous dit que ce n'était que la bile qui s'était remuée, qu'il éprouvait quelques douleurs intestinales, un grand dégoût pour les aliments, et de l'aversion pour les liquides. Comme sa langue était jaune et saburrale, et que d'ailleurs il avait déjà poussé une selle bilieuse, nous prescrivîmes tout de suite 45 grammes d'huile de ricin, que le malade avala sans trop de difficulté, à cause de sa bonne volonté pour faire ce que nous lui prescrivions. Quelques instants après, il nous fut facile de juger que sa surexcitation nerveuse allait en augmentant; ses yeux étaient secs et brillants; les traits de son visage commençaient à être légèrement convulsés. Il nous quitta brusquement pour aller se mettre au lit. Dès ce moment nous pûmes annoncer à ses parents que la maladie n'était plus douteuse, et qu'elle allait entrer promptement dans ses périodes les plus douloureuses et les plus alarmantes. Le soir du même jour, le mal avait déjà fait des progrès assez rapides, avec cette différence que la déglutition des liquides, quoique pénible, était moins difficile que chez la jeune Marie, et, avec sa bonne volonté, Émile a toujours pu avaler un peu de tisane et quelques cuillerées d'une potion calmante : ses plaies, tout à fait cicatrisées, se ravivèrent et devinrent sensibles au toucher.

La journée du samedi, qui devait être la dernière, fut la plus agitée : les symptômes s'aggravèrent; les paroxysmes nerveux se succédaient rapidement; le jeune Émile éprouvait une agitation qui ne lui permettait pas de rester longtemps dans son lit; il se couchait et se levait alternativement, selon qu'il était plus ou moins agité. De temps en temps la sécrétion des glandes salivaires devenait plus abondante, ce qui indiquait une nouvelle surexcitation dans l'état du malade ; il repoussait au premier abord le vase qu'on lui présentait pour boire, et alors il avait une nouvelle secousse nerveuse. C'est au milieu de ces paroxysmes continuels qu'il sentit toute la gravité de sa maladie, et qu'il dit à un de nos honorables confrères qui était allé le voir : « Je suis enragé, je vous prie de me guérir. » Vers le soir il y eut un peu plus de calme. Émile, vaincu par la violence du mal, vit que ses derniers moments approchaient; il parlait sans peine et prononçait des paroles affectueuses et bienveillantes; il appelait souvent ses amis, ses voisins et surtout ses parents; il aimait d'avoir son père et sa mère à côté de son lit, et les priait de lui toucher la main. Enfin, la mort de ce malheureux jeune homme arriva le 17 février 1866, à dix heures du soir, terminant ainsi, ce drame lugubre qui a mis en scène trois innocentes victimes, et les a fait impitoyablement descendre dans la tombe.

Nous ne devons pas omettre de dire que, sur l'avis d'un médecin de Paris, on essaya, mais sans succès, de provoquer chez le jeune Émile des sueurs abondantes sous l'influence d'une température élevée; ce moyen, d'ailleurs inoffensif, nous fut proposé, et nous l'approuvâmes dans l'intérêt du malade.

Nous n'avons pu constater, sous la langue d'Émile Balsenc et de la jeune Marie, la présence des petites vésicules, appelées lysses, contenant un liquide jaunâtre, signalées par Pline, et plus tard, en 1821, par MM. Salvatori et Marochetti, médecins russes.

Il n'est pas inutile de faire remarquer que ces trois victimes ont conservé, pendant toute la durée de la maladie, la plénitude de leur intelligence, ce qui arrive assez souvent chez l'homme, en qui la raison modifie beaucoup les excès auxquels se livrent les animaux enragés. Aucun de ces malades n'a jamais eu ni envie de mordre, ni de se livrer à des actes de fureur ; il n'y a pas eu, en un mot, un véritable accès de rage ; des paroxysmes nerveux très-violents ont donné à cette affection tout son caractère de gravité, puisqu'ils ont suffi pour donner la mort. De nombreuses observations, émanant d'auteurs dignes de foi, confirment ce que nous venons de dire sur l'état mental des trois personnes qui font l'objet de ce rapport, et, à cette occasion, nous allons citer ce que dit le docteur Fabre dans son *Dictionnaire de médecine :*

« Après avoir exposé les phénomènes les plus constants
» de la rage confirmée, nous allons signaler quelques par-
» ticularités qui n'ont pas toujours lieu ; elles portent prin-
» cipalement sur l'état de l'intelligence, sur celui des
» organes des sens et sur celui des organes digestifs et
» locomoteurs. Il est un assez bon nombre de cas où l'in-
» telligence est conservée ; les malades restent calmes,
» dociles, affectueux, reconnaissants, mais profondément
» attristés, car ils comprennent la gravité de leur
» position (1). »

Maintenant nous pensons qu'il est opportun de nous livrer à quelques considérations relatives au triste événement que nous venons de raconter, en indiquant ce qu'il y a eu de plus remarquable dans les diverses phases de cette maladie, et de plus capable de fixer notre attention.

On vient de voir que, quoique mordues par le même animal, presque en même temps, les trois personnes atteintes avaient éprouvé les premiers symptômes à des époques différentes.

Jean Fabre a été atteint le 27 janvier, vingt jours après avoir été mordu, et il est mort le 31 janvier, à neuf heures du soir.

(1) Fabre, *Dictionnaire de médecine*, t. vi, p. 645.

La jeune Marie Guilhou a éprouvé les premiers signes de l'invasion rabique le 30 janvier, vingt-trois jours après l'accident, et elle est morte le 3 février, à sept heures du soir.

Le jeune Émile Balsenc a subi les premières atteintes le 13 février, trente-sept jours après l'événement, et il est mort le 17 février, à dix heures du soir.

Nous l'avons déjà dit, l'incubation du virus rabique est irrégulière, capricieuse, et peut quelquefois, d'après l'opinion des auteurs, durer des mois et des années entières; mais cependant il est vrai de dire que, dans le plus grand nombre des cas, l'invasion de la maladie a lieu dans une période de trois à six semaines, et c'est précisément ce qui est arrivé chez les sujets qui nous occupent. Cette irrégularité existe, il faut le reconnaître; mais elle ne s'explique pas. Jusqu'ici, on le sait, la médecine a été impuissante soit pour guérir cette terrible affection, soit pour en connaître la nature : Dieu seul tient et guide le fil mystérieux de ce dédale, jusqu'à présent impénétrable aux investigations de la science.

Néanmoins, sans vouloir soulever ce voile ténébreux qui couvre encore les vagues connaissances qu'on a sur la rage, et qui retarde la possibilité de sa guérison, nous ne voulons pas nous priver de la satisfaction de donner quelques explications à cet égard.

Ces dates précises de l'invasion et de la mort vont nous permettre de nous livrer à nos appréciations sur ce sujet, et de signaler la cause probable de cette différence dans la période d'incubation du virus rabique, qui, selon toute apparence, doit agir en raison directe de la quantité inoculée, des dimensions et de la profondeur des blessures.

Quoique nous n'ayons pas vu Fabre, nous savons que ses morsures étaient nombreuses et profondes, et que nécessairement la bave de la louve avait pu être absorbée promptement et abondamment sur une surface très-étendue; cette circonstance nous paraît suffisante pour expliquer la première invasion de la rage.

La jeune Marie Guilhou a eu un retard sur Fabre de trois jours. Ses morsures étaient aussi très-nombreuses, très-profondes, et occupaient le même siége, la tête et le visage; cette différence de trois jours est relativement peu sensible, et il nous est permis de l'attribuer autant à la prédisposition individuelle qu'à l'insignifiante disproportion dans la gravité des blessures, qui, à quelque chose près, offraient les mêmes surfaces.

Mais il n'en est pas de même du jeune Émile Balsenc, qui n'a été atteint que le trente-septième jour. Cette différence doit avoir sa raison d'être, et nous la trouvons dans le nombre plus restreint de ses blessures, ce qui indique très-bien qu'il y a eu chez lui moins de virus rabique inoculé, et par conséquent moins de promptitude dans son absorption. Tous les auteurs conviennent que les morsures au visage ont toujours une grande gravité; et on le conçoit aisément, à cause de son voisinage avec les grands centres nerveux et les gros vaisseaux sanguins. Le jeune Émile avait trois blessures à la face, ainsi que nous l'avons déjà dit; deux étaient assez superficielles; celle qui était située au-dessous de l'arcade sourcilière était, au contraire, profonde, et allait fort avant dans l'orbite de l'œil, ce qui avait rendu la cautérisation, sinon impossible, du moins très-difficile. Nous conçûmes de grandes craintes sur l'efficacité de la double cautérisation que nous avions pratiquée; du reste, nous avions eu le soin de faire part de nos appréhensions aux parents du malade. Sans cette fâcheuse circonstance, nous avons la conviction que le jeune Émile aurait pu éviter la cruelle maladie à laquelle il a succombé, sans pouvoir toutefois l'avancer péremptoirement, à cause du siége des morsures et du retard qu'il mit à venir réclamer nos soins.

Nous devons encore dire quelque chose sur la similitude du temps et des symptômes éprouvés par les trois victimes. En ne tenant pas compte des signes précurseurs, qui étaient peu sensibles et peu accentués, Jean Fabre, la jeune Marie et Émile Balsenc sont morts, à quelque chose près, dans la même période de temps, et vers la fin du cinquième jour. Doit-on attribuer cette coïncidence au hasard, et ne voir dans cet événement qu'une terminaison fortuite? Nous ne le pensons pas, et nous aimons mieux croire, sans prétendre soutenir rien d'absolu dans cette opinion, que le virus rabique, provenant du même animal, ayant été inoculé dans des conditions identiques, a dû produire les mêmes effets et donner lieu aux mêmes phénomènes.

Ici se termine, Monsieur le Préfet, l'émouvant tableau que nous avions à vous retracer de ce sanglant épisode qui vient de se passer sur deux communes du département de l'Aveyron, limitrophes du département du Gard : trois victimes sont descendues dans la tombe, après avoir été horriblement mutilées par la dent meurtrière d'une louve enragée. On se sent profondément ému à la pensée de cet affreux désastre. Nous sommes heureux d'avoir pu remplir cette tâche, qui sera pour nous une douce satisfaction, si elle peut ajouter à nos regrets ceux des personnes qui liront le récit de ce déplorable événement.

Poitiers. — Imp. de A. Dupré, rue de la Mairie, 10.

www.ingramcontent.com/pod-product-compliance
Lightning Source LLC
Chambersburg PA
CBHW061746180626
46818CB00006B/2774